P9-BJY-088

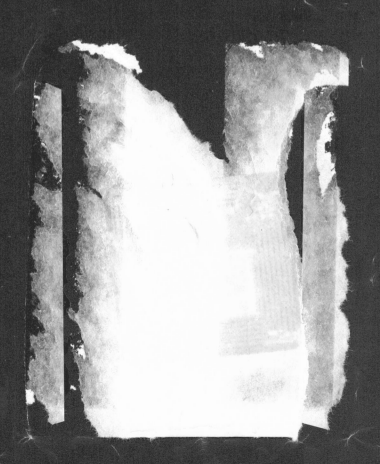

HAY UN
DRAGÓN
EN MI BOLSA DE DORMIR

Libros de Atheneum
escritos por
JAMES HOWE

Bunnicula (con Deborah Howe)

Teddy Bear's Scrapbook (con Deborah Howe)

Howliday Inn

A Night Without Stars

The Celery Stalks at Midnight

Morgan's Zoo

There's a Monster Under My Bed

What Eric Knew

Stage Fright

Eat Your Poison, Dear

Nighty-Nightmare

Pinky and Rex

Pinky and Rex Get Married

Dew Drop Dead

Pinky and Rex and the Spelling Bee

Pinky and Rex and the Mean Old Witch

Pinky and Rex Go to Camp

Return to Howliday Inn

Pinky and Rex and the New Baby

There's a Dragon in My Sleeping Bag

Hay un dragón en mi bolsa de dormir

HAY UN
DRAGÓN
EN MI BOLSA DE DORMIR

por James Howe   ilustrado por David S. Rose

traducido por Alma Flor Ada

LIBROS COLIBRÍ
ATHENEUM   1994   NEW YORK

Maxwell Macmillan Canada
Toronto

Maxwell Macmillan International
New York   Oxford   Singapore   Sydney

Atheneum
Macmillan Publishing Company
866 Third Avenue
New York, NY 10022

Maxwell Macmillan Canada, Inc.
1200 Eglinton Avenue East
Suite 200
Don Mills, Ontario M3C 3N1

Macmillan Publishing Company is part of the
Maxwell Communication Group of Companies.

First edition
Printed in the United States of America
10   9   8   7   6   5   4   3   2   1
The text of this book is set in Korinna.
The illustrations are rendered in acrylics.

Library of Congress Cataloging-in-Publication Data

Howe, James, 1946–
[There's a dragon in my sleeping bag. Spanish]
Hay un dragón en mi bolsa de dormir / por James Howe; ilustrado
por David S. Rose; traducido por Alma Flor Ada.
p.   cm.
Summary: Alejandro is intimidated by his older brother Simón's
imaginary dragon, until he is able to create his own friend, a camel
named Calvino.
ISBN 0–689–31954–1
[1. Brothers—Fiction.   2. Imaginary playmates—Fiction.
3. Spanish language materials.]   I. Rose, David S., 1947–   ill.
II. Ada, Alma Flor.   III. Title.
[PZ73.H69   1994]   93–47342

Para Zoe y nuestro amigo, Calvin
—J. H.

Para Apple
—D. S. R.

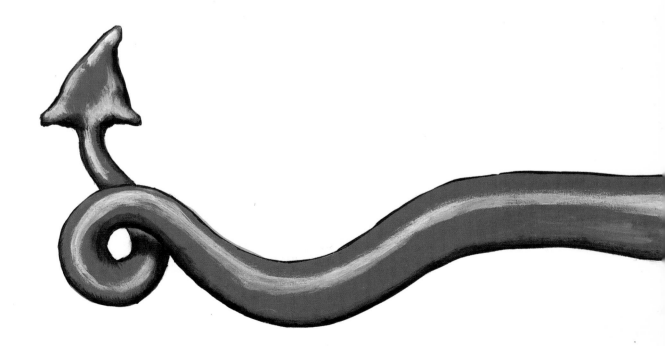

Hay un dragón en mi bolsa de dormir. No lo veo, pero mi hermano dice que está allí.

—Tendrás que dormir en alguna otra parte esta noche —me dice Simón—. Si te acuestas sobre Dexter, te echará su aliento de fuego y te vas a ver muy cómico calvo.

Duermo en el suelo.

A la hora del desayuno hay un dragón en mi silla.

—No te sientes allí —me dice Simón—, o Dexter echará su aliento de fuego y quemará tu rosca de pan.

Odio las roscas de pan quemadas, así que me siento en la silla de papá.

Cuando salgo a jugar, Simón me dice que hay
un dragón sentado en mi columpio...

...en mi lado del subibaja...

y trabado en el medio de la resbaladera.

—Me voy adentro —le digo a Simón—. Aquí no me divierto.

Pero Simón no me contesta. Está muy ocupado riéndose de algo con Dexter.

Antes éramos Simón y yo. Pero desde que este dragón Dexter vino a vivir en casa, Simón ya no quiere jugar conmigo.

—Yo jugaré contigo.

—¿Quién dijo eso? —pregunto.

—Me llamo Calvino.

—Eres un camello.

—Me alegro que te dieras cuenta —dice Calvino—. ¿Quieres jugar?

Le digo que sí y ocurre algo perfecto. A
Calvino le gustan los mismos juegos que a mí. Y
siempre me deja ganar.

No es como Simón.

—No puedes dormir allí —le digo a Simón esa noche.

—¿Por qué no? —pregunta Simón.

—Porque hay un camello en tu bolsa de dormir. Simón no puede ver a Calvino y yo no puedo ver a Dexter. Me mira con el ceño fruncido, pero no dice nada.

Por la mañana le digo:
—Lo siento, Simón, te tienes que sentar en otra parte. Ésa es la silla de Calvino y si te sientas sobre él, te echará su aliento de camello.

Cuando salimos a jugar,

los dos columpios están ocupados . . .

No hay
sitio en el
subibaja . . .

Y Calvino quiere ser quien
ayude a Dexter cuando
se queda trabado en el
medio de la resbaladera.
Simón se enoja. Y
masculla: —Dexter era
más divertido antes
de que apareciera
Calvino.

Esa noche tenemos que poner dos sillas más a
la mesa: —¡Ay! —dice mamá—, si hubiera sabido
que íbamos a tener tantas visitas a la hora de
comer, hubiera asado un pollo más grande.

—No te preocupes —le digo—. Calvino es
vegetariano.

Todos se ríen.

Todos menos Simón.

Cuando llega la hora de irnos a dormir, Calvino y Dexter ya están en nuestras bolsas de dormir.

—No voy a volver a dormir en el suelo como anoche —dice Simón.

—Ni yo tampoco —digo yo.

Así que me llevo a Calvino a mi cuarto. Y Dexter duerme en el cuarto de Simón. Y Simón y yo no volvemos a dormir juntos nunca más.

Pero una mañana . . .

—Dexter se ha ido
—me dice Simón.

—¡Qué pena! —digo yo.

Simón asiente: —Se
mudó a Boston.

—¿Cómo lo sabes?

—Hum . . . me dejó una nota —me dice Simón.

—¿Dónde está? —le pregunto.

—Por ahí —dice Simón—. Se me olvidó.
¿Quieres salir a jugar?

—No, gracias —le digo— le dije a Calvino que
lo llevaría de paseo.

—Esto debería ser divertido —le digo a
Calvino—. ¿Por qué estás tan fastidiado? ¿No te
gusta ir de paseo conmigo?

—Por supuesto —dice Calvino—. Es que ... mira,
echo de menos a alguien.

—¡Oh! —es todo lo que digo, porque tengo que
usar el resto de mi aliento para pedalear cuesta arriba.

—¿Qué haces? —me pregunta Simón al verme arrastrar mi bolsa de dormir a su cuarto esa noche.

—Voy a dormir aquí contigo.

—¿Y Calvino?

—Se fue —le digo—. Me dejó una nota. ¿Ves?

"Querido Alejandro. Me he mudado a Boston. Te voy a echar de menos, pero le echo más de menos a Dexter. Eso es lo que pasa con los buenos amigos. Adiós. Calvino."

Simón asiente: —Bueno, por lo menos no tendremos que preocuparnos más de su aliento de camello.

—Sí —le digo—. Ni tampoco de aliento de dragón.

—Buenas noches, Alejandro.

—Buenas noches, Simón.

—¿Sabes una cosa, Alejandro? Dexter y Calvino me dan pena.

—¿De veras? ¿Por qué?

—Porque ellos son buenos amigos, pero nosotros somos hermanos.

—Sí —digo—. Oye, Simón.

—¿Qué?

—¿Quieres jugar conmigo mañana?

—Por supuesto, Alejandro. Después de todo, ¿para qué somos hermanos?